Y

25202

L'INFAILLIBLE TRIOMPHE

DE

LA POLOGNE

Sur l'Envahissement

DES RUSSES

ET DE TOUS SES TYRANS.

PAR PHILARMOS.

Bientôt de son bûcher sublime,
Avec l'aide du roi des cieux,
La Pologne, au front glorieux,
Renaîtra phénix magnanime.
Ce peuple généreux, trop long-temps combattu,
Vaincra, seul, les enfers par sa propre vertu.

Homo sum, et nil humani à me alienum puto.
Je suis homme, et je pense que rien de ce qui peut intéresser
l'homme ne doit m'être étranger.

Audaces fortuna juvat timidosque repellit.
La fortune aime les génies audacieux et repousse les timides.

Miseris succurrere disco. (VIRGILE.)
J'apprends à secourir les malheureux.

PARIS.

IMPRIMERIE DE A. BARBIER,

RUE DES MARAIS S.-G., N. 17.

—

M D CCC XXXI.

AVIS

AUX CONTEMPTEURS ET PERSÉCUTEURS

De la noble Pologne, qui, aux yeux des sages, rougiront,
un jour, de honte de l'avoir persécutée ou abandonnée.

O animæ in terras curvæ et cœlestium inanes!
O esprits courbés vers la terre et vides de beautés célestes.

PERSE.

Tant que la Pologne ne sera pas reconstituée en grand royaume, comme elle l'était en 1792, l'Europe sera ébranlée jusque dans ses fondemens; toujours en proie aux perturbations politiques, aux guerres d'extermination, il n'y aura point de paix durable possible en Europe.

La Pologne, par sa position géographique et normade, est le centre de gravité de la Balance politique européenne.

Una salus victis nullam sperare salutem.
Le seul espoir des vaincus est de n'en espérer aucun.

Magnis malis magna remedia.
Aux grands maux les grands remèdes.

La France est semblable à un enfant qui dort aux bords d'un précipice.

L'on agite dans les conseils de l'étranger la question de la nationalité de la France.

L'INFAILLIBLE

TRIOMPHE DE LA POLOGNE.

Justum et tenacem propositi virum[*].

O toi, qui fais l'honneur du monde
Par ton courage et la vertu,
En héros Pologne féconde,
Peuple par l'enfer combattu!...
De gloire ta lutte pieuse
Te rend un modèle accompli;
Et déjà Diél·itch a pâli
Devant ta faux victorieuse.
Poursuis donc tes succès, illustre nation,
L'enfer contre le ciel peut-il avoir raison?.....

Tout est lutte dans la nature,....
Et rien ne peut s'y dérober;
En vain le despote en murmure,
Son orgueil y doit succomber.
Si l'ombre offusque la lumière,
Bientôt,... le jour chassant la nuit,
La fraîche aurore qui la suit,
Du soleil ouvre la carrière.
C'est ainsi que l'hiver, tyran de l'horizon,
Chassé, fuit du printemps la brillante saison.

[*] Substituez *poplum* pour *populum*.

Ainsi la sombre barbarie
Du glacial septentrion
Fuit devant la clarté chérie
De la civilisation,......
Elle, dont la sainte harmonie
Doit l'emporter dans tous les temps,
Sur les cris de mort des tyrans,
Et sur leur fantasmagorie !
Les portes de l'enfer, proclame l'Eternel,
Jamais ne prévaudront sur les portes du ciel.

Se croyant le roi des montagnes,
Semblable au cèdre du Liban,
Pour dominer sur nos campagnes,
Accourt un odieux tyran !
Avec ses deux cent mille esclaves,
Nouveau Nabuchodonosor,
Il ose commander la mort *
De quatre millions de braves;....
Mais son sennachérib, son féal Paskévitch,
Bientôt aux bords du Styx, ira joindre Diébitch.

Comment se livrer à la joie,
Aux charmes purs de la gaîté,
Quand les Polonais sont en proie
Aux horreurs de l'adversité?

* Au moins la mort nationale.

Quand leurs combats à toute outrance,
Contre un autre Attila du nord,
Nous sauve de l'horrible sort
Qu'il réservait à notre France?....
Comment s'abandonner, fiers enfans de Paris,
Aux jeux, aux doux festins, aux chants de Sybaris?

Quelle héroïne pure et belle,
Que la comtesse de Plater !
Oui, c'est une Pallas nouvelle,....
Bien digne du grand Jupiter!
Dans son sein que l'amour envie,
Elle porte le cœur de Mars;
Et, calme,.... au milieu des hasards,
Pour nous,.... elle se sacrifie !
Muse, entonne le chant de l'immortalité;....
En chœur, chantons Plater, sa gloire et sa beauté!

Mortels, je suis homme, et je pense
N'être étranger à rien d'humain;...
Oui, c'est ainsi que dans Térence,
Parlait Scipion l'Africain;
Virgile, d'une voix sonore :
A secourir les malheureux
Je borne mes soins et mes vœux;...
Qu'ainsi notre pays s'honore !
Par l'enfer assaillis, nos frères Polonais
En vain nous crieront-ils : A nous, braves Français !

Non, l'honneur parle au roi de France
Encor plus haut que certains rois;
Contre l'effort de leur démence,
Pologne, il maintiendra tes droits.
Grand peuple, ton pays sublime,...
Dans peu tu le recouvreras;
Et, malgré le czar Nicolas,
Tu seras libre et magnanime.
Le Goliath du nord, par la foudre étourdi,
A dû fléchir devant le David du midi.

Et toi, féconde, auguste mère
D'une libre perfection,
Fière et généreuse Angleterre,
Empêche sa destruction.
Eh quoi! le Trident de Neptune
Ne fait-il pas trembler Pluton?
Fût-il l'ami de l'Aquilon,
Le noir Tartare t'importune.
Et l'Europe et l'Asie et tes possessions,
Contre un envahisseur réclament tes Nelsons.

Sois toujours noble et magnanime
Comme tu l'as toujours été :
Mais replonge au fond de l'abîme
L'ennemi de l'humanité;
Et que ce nouveau Don Quichotte,
Qui rêve la guerre et la mort,

Rentre dans les marais du nord ,
Infatué de sa marotte !
De France et d'Angleterre, en peu, les deux grands rois
Pourront du monde entier faire adorer leurs lois.

Par l'intelligence profonde
Du grand Copernic , polonais ,
Le soleil, au centre du monde,
Revint plus brillant que jamais !
Ainsi notre philosophie
Doit à cet esprit transcendant
Ce qu'elle a conçu de plus grand
Et de plus digne du génie.
Et puis, nous laisserions dévaster le berceau
D'un peuple à qui l'on doit un génie aussi beau !

Le soleil au centre des sphères ,
Balançant leurs attractions ,
Entre elles empêche les guerres ,...
Règle leurs perturbations.
De même au centre de l'Europe ,
La Pologne , état florissant ,
Empêche qu'un roi trop puissant
Dans ses fers ne nous enveloppe.
Balance politique , aux braves Polonais
Rends donc un état libre , à l'Europe la paix.

Mais que vois-je? l'Olympe s'ouvre!
Quel éclat! quelle majesté!
A mes yeux, quel dieu se découvre?
C'est l'auguste Postérité!
Pareille à Minerve elle-même,
C'est par l'ordre du roi des cieux,
Qu'elle descend en ces bas-lieux,
Fulminer un arrêt suprême.
Sachez, mortels d'un jour, qu'il est un lendemain.
Sa voix,.... écoutez-la; c'est la voix du destin.

L'Europe doit être frappée
Du plus terrible des fléaux,...
Injuste, elle a brisé l'épée
D'un de ses fils, peuple-héros.
Après ce forfait qui la souille,
Marâtre, elle en permit la mort;
Souffrant que trois vautours du nord
S'en partageassent la dépouille.
O crime infâme aux yeux de la sainte équité!
Quel siècle! il suait l'or et la perversité!

L'honneur n'avait donc plus d'empire
Sur ces rapaces nations;...
Ah! tout allait de mal en pire,
Dans leurs civilisations!
Un seul peuple brûlait des flammes
Du courage et de la valeur;

Dans les belles eaux de l'honneur
Il eût pu retremper les ames;...
Mais non, les Polonais qu'il fallait secourir,
Se sont vus, par des Francs, *condamnés à périr !*

Mais il plut à la Providence,
Au ciel, d'en juger autrement;
Et, malgré l'oubli de la France,
De Londre et de son parlement,
Bientôt de son bûcher sublime,
Avec l'aide du roi des cieux,
La Pologne, au front glorieux,
Renaîtra phénix magnanime!
Ce peuple généreux, trop long-temps combattu,
Vaincra, seul, les enfers par sa propre vertu.

Français, l'honneur est tout en France;
Il survit aux plus grands revers;
Qu'on détruise son influence,
Et vous n'aurez plus que des fers.
Il est l'ame de la patrie;...
Ainsi pensait François premier,
Lorsqu'il se vit fait prisonnier,
A la bataille de Pavie :
Tout, dit-il, ô ma mère! est perdu, fors l'honneur;...
Mais, seul, de notre France il sera le vengeur!..

Et l'aristocratie infime
De nos Midas *, hommes d'argent,
Croirait d'un peuple magnanime
Acheter l'honneur au comptant !
A Rome, le vaillant Camille,
Jadis, réglant avec Brennus,
Apprit, aux peuples ingénus,
Comme l'on rachète une ville.
Le courage et le fer et l'héroïque honneur
Ont, seuls, chez les *Français* ramené le bonheur.

Le véritable honneur en France
Est une sage liberté
Qui s'accroît par la patience,
La valeur et la probité ;...
Et votre franc libéralisme,
Abandonnant les Polonais,
Irait, traître à l'honneur français,
Les frapper d'un vil ostracisme !
Et vous laisseriez choir, du rang des nations,
Un peuple illustre et beau de grandes actions !

Voudrait-on imiter ce rustre
Qui dans Athènes condamna
Le citoyen le plus illustre
Qu'aux Athéniens le ciel donna ?

* Par Midas l'on entend ici tous ces agioteurs politiques et pervers qui jouent l'existence des nations à la hausse et à la baisse, pour se gorger d'opulence.

« Je ne suis point, dit-il, injuste
« Envers cet homme distingué;
« Mais, ma foi, je suis fatigué
« De l'entendre nommer le juste. »
Serions-nous donc aussi, fatigués ... bons Français,
D'entendre en tous lieux dire : O braves Polonais !

Du ciel nous vient le Libre-Arbitre;
Voilà d'où naît la Liberté.
Pour l'homme il est son plus beau titre,
Auprès de la divinité.
Il n'en verra jamais la gloire
Qu'autant qu'il aura librement,
Vertueux, rendu constamment
Son existence méritoire.
Ainsi le Libre-Arbitre est une vérité,
Le noble et pur instinct de la félicité.

L'on sait que toute créature
Désire ardemment le bonheur.
C'est une loi de la nature
Qu'on sent gravée au fond du cœur.
Nul monarque, nul autocrate
Ne pourra donc jamais forcer
Un honnête homme à s'abaisser
Jusqu'à devenir automate.
Le Libre-Arbitre existe; et le ciel nous défend
De vendre ou d'acheter un bien, si beau, si grand !

Nous sommes tous nés d'un même homnie;
Et partant, tous frères égaux;...
Mais du bien la plus grande somme
Jaillit de nos libres travaux;
L'expérience nous le prouve :
En usant de l'égalité,
Entr'aidons-nous avec bonté :
Voilà ce que le ciel approuve.
Secours au malheureux; faisons à son profit,
Ce que nous voudrions qu'à son tour il nous fît.

Mais quand un horrible incendie
Fond sur la maison d'un voisin,
Épris d'une lâche industrie,
Chez moi resterai-je incertain?
Si la maison du voisin brûle,
La mienne court un grand danger;
Il faut donc bien se déranger,
Quand vers nos toits le feu circule.
Le feu des trois tyrans sur vous reprend son cours;
Unis, portez-vous donc à tous de prompts secours.

L'immobilité de la France,
Pour les valeureux Polonais,
Un jour, au ciel, criera vengeance
Contre un système anti-français.
La postérité toute entière
Aura dans son affliction,

Sans cesse en exécration,
Un acte à l'honneur si contraire.
Voilà, grand Skrzinecki, le prix de tes vertus !
Sans toi, peut-être hélas, Paris ne serait plus.

Toute l'Europe est gangrénée
Du virus de la déraison,...
Et telle qu'une forcenée,
Elle foule aux pieds la raison;
Et, pour les hochets de Mammone
Qu'elle adore à l'instar des dieux,
Furibonde, elle arme en tous lieux,
Les âpres enfans de Bellone.
Semblable au fou coursier qui prend le mors aux dents,
Dans un gouffre elle court s'abîmer pour long-temps.

Sans apporter le moindre obstacle
A mille forfaits triomphans,
Elle s'est fait un doux spectacle
De la mort d'un de ses enfans.
Qu'elle en soit donc rassasiée !
Le noir chaos * va se r'ouvrir !
Combien de peuples vont périr,....
La nature en est effrayée !!!
Par ce grand cataclysme, abîme de tous maux,
Les dieux sauront venger un peuple de héros.

* La confusion et le choc des intérêts politiques des nations euro-
péennes.

Mais si de la race future
Craignant la réprobation,
L'Europe trop long-temps parjure,
Refait *sa constitution*,
Et rétablissant la Pologne,
Malgré ses exterminateurs,
De ses trois vils spoliateurs
Détruit la honteuse besogne,
Alors, la noble Europe, à l'abri de l'affront,
Verra cent beaux lauriers lui couronner le front !

PRÉVISIONS.

Si la Pologne venait par hasard à succomber sous l'effort de ses bourreaux, je dirais alors : Écoutez ! écoutez !

Cette nation, ce peuple de héros européens pourra s'éclipser pour quelque temps. L'Europe s'est rendue indigne de ce grand peuple, par sa négligence à le secourir. Mais elle va dégénérer elle-même, se rabaisser de plus en plus; car

Une chûte toujours entraîne une autre chûte.

Cette nation de héros polonais qui faisait la gloire du genre humain, cette héroïque nation, dis-je, remontée au ciel d'où elle était descendue pour nous donner l'exemple de l'honneur, des vertus et du véritable héroïsme, indignement négligée, persécutée par des hommes égoïstes et pervers, mais souverainement exaltée par les sages et les dieux, après le terrible baptême de feu qu'elle vient de recevoir sur une terre ingrate ,... elle y reparaîtra sous peu, cette grande et sublime Pologne, semblable au soleil même qui se trouve quelquefois obscurci, voilé à nos yeux , par les sombres nuages du septentrion,... mais qui, reprenant bientôt toute sa force divine , perce, dissipe ces noirs brouillards du nord, met en fuite les enfans de l'aquilon et resplendit, à nos regards enchantés, plus brillant, plus radieux que jamais !

Nota. Ce sont les systèmes politiques, seuls, et non les personnages qui les suivent, que nous avons spécialement voulu signaler dans cette ode européenne.

FIN.

www.ingramcontent.com/pod-product-compliance
Lightning Source LLC
Chambersburg PA
CBHW061527170626
46811CB00004B/1875